César Magalhães Borges

Vida a Granel
(histórias de supermercado)

REFORMATÓRIO

Agradecimentos

ao Tempo-Pai de
todas as crônicas...

à família e amigos,
por todo o tempo vivido

a Simone Azevedo,
pelo amor cotidiano ao meu lado

a Marlucy Lukianocenko,
editora da revista *SuperHiper*
à época da publicação destas crônicas
e autora do texto de contracapa desta obra

a Wagner Hilário,
subeditor da revista SuperHiper
à época da publicação destas crônicas
e autor do prefácio deste livro

a José Alaercio Zamuner,
escritor-amigo de décadas,
pelo texto de orelha deste trabalho

a Laís Lacerda,
por ter dedicado talento, traços e linhas
à capa desta vida a granel

à musa da poesia
que, ora,
se faz prosa

a Marcelo Nocelli e
a Negrito Produção Editorial,
pelos ponteiros ajustados a esta obra

ao leitor,
por emprestar
os olhos de seu tempo
a estas páginas...

Muito obrigado!

Índice das prateleiras

Um supermercado de histórias numa esquina literária   7
  Wagner Hilário

eu

	data de fabricação*	pág.
Marque na Caderneta	02 e 03/jul./2008	13
Very Nice	28/fev. 2012	17
Desafio ao Galo	20 e 21/jan./2014	19
Gôndolas	26 e 27/fev./2009	23
Inglês à prateleira (*from the bottom of my heart*)	07 e 08/nov./2009	25
Davi e Ronald Golias	19 e 20/abr./2011	27
Questão de tato	12/abr., 16/jun., 31/jul., 01, 03 e 04/ago./2010	31
Photon	05, 10 e 11/dez./2014	33
O biscoito mais fino	28 e 29/ago./2008	35

refletido

O calendário de Íris	29/nov. e 23/dez./2010	41
Vox Populi	29 e 30/dez./2013	43

Nas águas do tempo	01/mar./2013	45
A soma das partes	23, 24 e 25/abr./2014	47
Laço entre as cores	30 e 31/out., 01 e 02/nov./2009	49
Keynes fazendo compras	04/ago./2009	51

outro

Primórdios	26/dez./2010	55
Crônica da memória	16/fev./2013	59
Marca Registrada ®	07, 08, 11 e 12/jun./2012	61
Digitais	04 e 05/nov./2008	65
Sala de Star	26/set./2011	67
Calos Amigos,	01, 02, 03, 04 e 05/out./2013	69
Lição de rua	03 e 04/set./2011	73
Em dobras de esquinas	22 e 23/mar./2015	77
Resgate	18/ago./2014	79
em Domicílio	04 e 05/ago./2014	83
Pesos e medidas	16 e 17/fev./2019	85
Você é o que come	04 e 05/out./2012	87
Bandeira 1	24 e 25/abr./2015	91
Gente antiga	24, 25, 27 e 28/set./2010	93

* Tempo de validade indeterminado, desde que lido e compartilhado adequadamente.

PREFÁCIO

Um supermercado de histórias numa esquina literária

Wagner Hilário

Não é estranho que se considere o encontro entre a literatura e o supermercado um acontecimento inusitado. Quando a revista *SuperHiper*, da Associação Brasileira de Supermercados (Abras), foi apresentada a César Magalhães Borges, ele não imaginou que pudesse contribuir, com seu talento literário, por sete anos e quase 30 crônicas para a revista.

Eu mesmo, na época (2008), subeditor da publicação, procurei César para dizer que a revista, editada mensalmente, tinha uma seção de crônicas que fazia referência ao dia a dia dos supermercados. Para ele, seu préstimo a SuperHiper não seria "Cotidiano" – nome da seção –, mas esporádico, talvez não passasse de uma, quiçá e com muito esforço, duas crônicas. Afinal, literatura e supermercado não se encontram, assim, com tanta frequência, certo?

Errado. César logo descobriu que havia espaço e agenda para que esse encontro fosse "Cotidiano" e possível em qualquer esquina onde pudesse encontrar queijo e goiabada para comprar.

César se convenceu que há, mesmo no barulho da gaveta do caixa, abrindo e fechando, mais do que faturamento e lucro, há literatura em abundância. Há arte e, onde há arte, há vida e, onde há vida, há história, onde há história, há conexão e, quando há conexão, é porque a vida do outro faz sentido na nossa e a nossa vida se pinta universal: memória e imaginário coletivo.

Uma das definições de cotidiano é banal. Mas a banalidade está nos olhos de quem não encontra sentido no corriqueiro e talvez nada seja mais corriqueiro do que um supermercado. César, como poucos, encontrou sentido no "banal" e concebeu, a partir das crônicas de Cotidiano, um belíssimo livro.

Da obra em si e nos outros

Vida a Granel: histórias de supermercado tem 29 crônicas, das quais, 27 foram publicadas na revista *SuperHiper*. Duas crônicas são inéditas, porque todo cotidiano (toda vida) precisa de pitadas de ineditismo.

Esse prefácio, contudo, não pode ignorar a primeira crônica desta "Vida", porque me lembro, com o frescor de hoje, da primeira vez que li "Marque na Caderneta". Lembro-me do pôr do sol atemporal da Vila São Jorge, em Guarulhos, retratado, por César, na crônica, com o aroma de café moído na hora. Lembro-me da venda do seu Nishi e de como o tempo passa, mas a essência do que de fato vale a pena permanece.

De 2008 a 2015, período em que escreveu para a revista, os textos de César chegaram em unidades, mas sempre trouxeram literatura e vida a granel. Como se vê, o título desse livro, quatro anos depois do último Cotidiano de César, estava guardado no inconsciente da experiência que vivia naquela época.

Estava lá, também, o princípio conceitual desta "Vida", que César dividiu em três partes: "eu", "refletido", "outro". Ou seja, "eu refletido no outro". Profundo, amplo e preciso (necessário). Afinal, o que é a vida, senão, nós. Muitas crônicas, sozinhas, caso de "Gôndola", traduzem, por si, o conceito de toda esta obra.

Vida a Granel mostra, sempre com lirismo, quão importante é a diversidade que caracteriza o espaço supermercado, o que deve ou deveria, também, caracterizar, por uma questão de harmonia, toda a nossa sociedade. "Laço entre as cores" é uma crônica que toca nesse ponto e passa um novo filtro em velhos símbolos que alicerçam o mundo que vemos e somos.

Também me agrada, e como!, "Resgate". O texto é papo de louco; coisa do "Gil Lelé". Mas quantas vezes não sentimos que precisamos fazer um resgate de nós mesmos e que a única maneira de fazê-lo é enlouquecendo e pedindo a ajuda do outro? Pois é, nesta obra, as narrativas também são psicológicas, no caso, psiquiátricas.

De fato, são muitos os causos e muitas as vidas que passam pelos corredores e pelos caixas dos supermercados.

De minha parte, não há muito mais a dizer, apenas que, se você veio até aqui, aproveite a chance para nutrir-se de arte e para descobrir que lindo supermercado de histórias há nesta esquina literária que César edificou.

Seja bem-vindo!

eu

Marque na Caderneta

Nasci em um início de tarde, em meados da década de 1960, em um pequeno bairro da cidade de Guarulhos: a Vila São Jorge.

O quintal da minha casa, lugar onde eu brincava, dava de frente p'ra tarde, p'ra onde o sol se punha, de onde vinha a cidade e o pouco progresso que tínhamos: as ruas do bairro eram de terra, a água era puxada de poços, os postes eram de madeira e não havia luz de mercúrio; eram as lâmpadas das áreas das casas que iluminavam a noite das ruas.

As compras do mês eram feitas "na cidade", ou melhor, no centro da cidade, pois somente ali é que havia algum supermercado.

Para as miudezas, usávamos os bazares da vila e, para o que faltava à mesa no dia a dia, íamos à venda do Seu Nishi, que ficava a um quarteirão de distância, na rua detrás. Assim, quando faltava pó de café, por exemplo, era lá que eu ia e ouvia a pergunta bastante incomum para hoje em dia:

"Vai levar já moído ou quer moído na hora?"

E nós, que éramos crianças, meu irmão, eu e outros meninos e meninas do bairro, por gostarmos de ver a máquina funcionando, dizíamos:

"Minha mãe pediu moído na hora!"

E o homem se punha, assim, a ligar o moedor. Acompanhávamos tudo com nariz e olhos: o aroma se espalhando pela pequena loja, os grãos de café se agitando dentro do cilindro de vidro, o pacote se enchendo... Lembro-me da sensação de levar o pacote, ainda morninho, na palma da mão...

"É p'ra marcar na caderneta?"

A caderneta era o "protocartão de crédito"; quem não podia pagar à vista, mandava anotar na caderneta para futuro acerto, no dia do pagamento. Esse costume, porém, nós não tínhamos em casa. Minha mãe não gostava. Era uma mineira desconfiada...

* * *

O Seu Nishi prosperou e, com a chegada da década de 1970, abriu um supermercado no bairro e fechou a velha venda. O supermercado ficava na Avenida Máximo Gonçalves... "Mas quem foi Máximo Gonçalves?"... Ninguém respondia ao certo... "Deve ter sido o máximo!", brincávamos, afinal, virou nome de avenida longa e larga que ligava o centro da cidade a muitos bairros...

Com a década de 1970 vieram, também, a carestia e o consequente racionamento de alimentos. Filas se formavam dentro e fora das padarias para a compra de um litro de leite, dentro e fora do Nishi (sim, ele virou metonímia) para a compra de um quilo de carne.

Aqueles eram anos de garrafas de vidro. As famílias levavam os cascos vazios, em sacolas de feira, para trocá-los pelos cheios. Caso contrário, tinham de pagar pelo vasilhame. Longe das atuais sacolas de plástico, as compras eram empacotadas em sacos de papel kraft. Assim era, assim pode tornar a ser...

Ainda na década de 1970, foi aberta, em Guarulhos, a primeira loja da Eletroradiobras. Ela ficava na parte baixa da Avenida Máximo Gonçalves, entre o nosso bairro e o centro da cidade. O logo da rede era uma baleia e, com os anúncios da inauguração, aquela foi a primeira vez que vi os nossos arredores, algo tão próximo de nós, aparecerem na TV. Era um orgulho bobo, mas sentimos o orgulho de fazer parte do mundo, de estar em um lugar conhecido...

O Nishi, contudo, não foi abandonado. Dava uma tremenda preguiça subir o enorme morro com compras na mão e, dessa forma, o Nishi continuou a ser o supermercado mais procurado pelos moradores daquele nosso pedaço e, com tamanho êxito, logo foi construído um novo Supermercado Nishi, maior, na mesma quadra, a poucos metros do primeiro, mas um pouco mais próximo do centro da cidade, mais próximo da linha onde o sol se punha.

Do portão de casa, eu conseguia ver o letreiro do novo Nishi – não havia prédios para bloquear a visão –, e pude ver, também, outras mudanças que se seguiram: a Avenida Máximo Gonçalves foi rebatizada, virou Avenida Tiradentes (e esse, todos sabem quem foi), e o Nishi virou Supermercados, com filiais em outros bairros mais distantes do Centro.

* * *

Jovem adulto, deixei a Vila São Jorge no final da década de 1980. Sempre que posso, porém, visito o lugar.

Os Supermercados Nishi, assim como a Eletroradiobras, não existem mais. Não sei se o Senhor Nishi ainda vive... Dizem que um de seus filhos formou-se em Medicina. Não sei se é verdade. Sei, somente, que o Senhor Nishi, da mesma forma que outros pequenos comerciantes, feirantes, operários – gente simples –, ajudou a escrever a história da periferia de um tempo que rapidamente vira suas páginas e deixa tudo para trás.

De minha parte, ainda gosto de ver onde o sol se põe...

Very Nice

Era um hipermercado no coração da cidade caótica que, rapidamente, assimilava as marcas do progresso recém-chegado. Nas calçadas, consultórios, ópticas, fotos 3x4, ouro compro, abreugrafias, homens-sanduíche e camelôs se anunciavam aos olhos e ouvidos passantes.

Precisava comprar um presente de amigo secreto e, depois de muita procura, resolvi arriscar o hipermercado. Afinal, como dizia o *slogan*, de alimentos a parafusos, ali se encontrava de tudo.

Segui diretamente para a seção de brinquedos da loja e, nas prateleiras superiores, via mickeys, snoopies, mônicas, bidus, cebolinhas, mas não o boneco que eu procurava.

Resolvi pedir ajuda a uma funcionária que trabalhava naquele corredor.

– Meu nome é Verenice. Em que posso ajudar?

– Estou procurando um Garfield – fiz pausa e apontei para os outros bonecos – mas não consigo encontrar.

– Terceiro corredor à esquerda – respondeu prontamente.

Prontamente agradeci e fui ao corredor indicado:

Baldes, peneiras, pazinhas p'ra recolher lixo, pilhas de objetos e badulaques, mas nada de bonecos. Voltei à seção de brinquedos e falei com Verenice:

– Não consegui encontrar...

– 'Pera aí que eu vou lá com o senhor...

Passos dela, passos meus, terceiro corredor à esquerda, viramos:

– Ali, ó, os *gárfios*...

E não só os garfos estavam na prateleira mais baixa, mas todos os demais talheres: facas, colheres de sopa, de sobremesa, conchas, escumadeiras...

Agradeci novamente e, como em nossa cidade ainda não havia shopping, saí de lá decidido a ir a uma loja especializada em brinquedos, no Shopping Center da cidade mais próxima.

Nossa cidade, porém, não parava de crescer e todas as novidades pareciam convergir para a rua do hipermercado, coração caótico e sempre aberto a quem mais quisesse chegar.

Aconteceu, então, de, naquele mesmo ano, chegar à tradicional rua do Centro, a primeira loja do Bob's.

No dia da inauguração, Verenice foi vista por lá, tentando entender como faria para enrolar os cabelos em um local como aquele...

Desafio ao Galo

Esta crônica fala de uma época em que "dormir com as galinhas" não tinha qualquer conotação sexual... E quem dormia com elas acordava com elas também.

O domingo desses tempos começava cedo: era dia de feira-livre e de se buscar um algo a mais no supermercado. Ao meio-dia, as portas fechavam; era dia de almoço com a família.

No bairro em que eu morava, classe média-média, classe média-baixa e quem mais viesse depois disso se misturavam.

Poucas pessoas tinham telefone em casa. E, assim, sem mais formalidades ou cerimônias, parentes e amigos passavam, sem qualquer aviso prévio, pelas casas de seus conhecidos, naquelas manhãs de domingo, ainda com suas sacolas de compras de lona ou seus carrinhos de feira ao alcance das mãos.

Muita gente passava por nossa casa. E enquanto a conversa dos adultos se enrolava e desenrolava, nós, crianças, conseguíamos ver, nas sacolas entreabertas, alguns dos produtos que levavam para casa. As comparações eram inevitáveis:

"Eles bebem Café Seleto e nós, Café Caboclo. Eles tomam Chocolate dos Frades e eu, por causa da promoção do Batman, pedi p'ra minha mãe comprar Muky. Eles lavam as roupas com Rinso. Minha mãe prefere Omo. Eles bebem Tubaína aos domingos. Nós compramos Guaraná de um litro...".

Durante a semana, não tínhamos esse luxo: fazíamos limonada ou abríamos um pacotinho de Ki-Suco, que era preparado em uma leiteira de alumínio. Queria que tivéssemos uma jarra de vidro para que eu pudesse, como na embalagem, com o dedo, desenhar dois olhos e um sorriso na face externa da jarra, mas nunca tivemos...

Depois que os nossos visitantes dominicais iam embora, às vezes, eu perguntava à minha mãe:

– Por que eles usam detergente Odd e, aqui em casa, nós usamos Minerva?

E a resposta era quase um *slogan*:

– Porque lava igual, rende mais e é mais barato.

"Sim", eu pensava, "mas a embalagem é mais feia".

Outras vezes, a resposta de minha mãe era quase um *anti-slogan*:

– É tudo a mesma coisa!...

E o almoço de domingo seguia seu preparo: macarronada com frango, é claro.

Nas feiras-livres daqueles dias, o frango era vendido ainda vivo e era carregado, de ponta-cabeça e olhos arregalados, até a casa em que seria cozido ou assado.

Nos supermercados, não: eles adiantavam essa parte dolorosa do ofício e vendiam o frango já depenado, congelado e, na embalagem, vinha escrito: "frango resfriado". Atualmente, fala-se em "gripe aviária"... Pelo jeito, o resfriado piorou...

Lembro-me bem de minha mãe, à beira do fogão, queimando as penugens que restavam – cheiro semelhante ao de cabelo queimado – antes de lavar o frango com água fervida e cortá-lo em pedaços.

Hoje em dia, parece que os frangos são criados em compartimentos: aqui, uma criação de coxas, lá, uma criação de peitos, mais adiante, uma criação de asas...

É. O tempo voou e muitas coisas se modificaram. São 23h30, fim de um domingo. Guardo as compras no porta-malas do carro e, ao fechar a porta, guardo, também, as lembranças.

O dia passou rapidamente e não deu tempo de ver muita gente querida e amada. Pelo celular, nas redes sociais, vejo seus rostos, curto suas fotografias, deixo um beijo e desejo uma boa noite a todos.

Gôndolas

Num piscar de olhos, o cenário estava mudado, a casa era a mesma, mas era outro o lugar. A rua estreita de meu bairro simples agora fazia esquina com a Avenida Paulista, lugar dos sorrisos mais bem tratados do país.

Não havia viva alma ali. Mão e contramão perderam qualquer sentido e, sob meu próprio céu de baunilha, corri a liberdade de uma avenida vazia.

No mergulho inconsequente de uma rua para outra, descobri-me numa cidade deserta: bancos sem filas, ruas sem carros, praças sem gente ou pássaros, luminosos acesos, portas de ferro e vidro do comércio abertas apenas para o meu olhar.

Entrei em um supermercado, antiga fantasia minha, e, pela primeira vez na vida, o dinheiro não foi obstáculo. Na minha ausência de calendário, todos os produtos ganhavam data de validade indeterminada.

Pude experimentar diversas iguarias: um sabor de Suíça entre os chocolates, um pouco de chá entre Inglaterra e China, e os vinhedos do mundo que cabiam em taças.

Para a sobremesa, um toque de simplicidade, um retorno às raízes: goiabada com queijo, Romeu e Julieta.

No corredor central, encontrei minha preferida: goiabada cascão. Segui, então, para o setor de frios para pegar o queijo... Não conseguia encontrar.

O que é um sem o outro? O que é a fuga se não há vigia? De que serve o espelho se não há o encontro? A mesa farta que não se compartilha? A vida sem trocas? O calor de um só?

Queria queijo Minas. Queijo Minas não há mais... Minas não há mais... Minas não há mais... E agora?

Um toque de mão em meu ombro:

"Vai deitar na cama. Já é tarde..."

Inglês à prateleira
(from the bottom of my heart)

Depois de tanto tempo, pela primeira vez, fui às compras sozinho: uma alma brasileira imersa em *parking, cards, slogans, jingles, blues...* que agora são meus.

Sem qualquer porquê, tudo em mim é lembrança. Dançam à minha frente embalagens, rótulos e marcas de um tempo em que a vida sorria *ultra bright*.

Maionese *light*. Refrigerante *light*. Pão de fôrma *light*. De qualquer forma – *light* – é leve o que me leva à luz de outro corredor – *Quando a luz dos olhos meus e a luz dos olhos teus resolvem se encontrar... –*.

Quero ser *active*, ser *up*, ter *power* – *all day* – e ir além dos dias que correm.

Não quero ser *diet*. Não quero ser *sugar free*. Quero que seja *intense* – a noite – *special dark* – *tender* – *Love me tender* – de um *tender* que não tem aqui. Sigo para o outro lado.

Cerveja em litro, em lata, em garrafa, *long neck*, com álcool, sem álcool: *to beer or not to beer? Bacon? Shakespeare?* Esta é a questão: prefiro *red wine*.

Cream cracker – cookies – cheese cake – chicken-pocket-burger – kitchen – agora quem cozinha sou eu.

Orange... mango... tutti-frutti... o suco virou *juice. Cranberry... Blackberry... All berries... Strawberry fields forever...* procuro um sabor que seja p'ra sempre.

Meu pensamento em prateleiras.

Você

Você

Você

Você em pilhas, produtos de higiene, beleza. *Close-up.* Espero que chegue mais perto. Preciso de *total care*.

Será que você me entende?

Davi e Ronald Golias

Li em um livro que as grandes marcas surgiram no final do século XIX. É de se crer, posto que a Coca-Cola, inicialmente formulada para ser um xarope, apareceu no mercado em 1886. Um ano antes, Carl Benz inventou o primeiro veículo movido a partir da força do próprio motor: o *auto-móvel*. O mundo ainda não sabia, mas grandes indústrias estavam nascendo.

Minhas memórias de infância, porém, foram povoadas por pessoas que andavam de lambretas, DKVs, Gordinis e Romisetas.

Lembro-me, ainda, que, nas férias de fim de ano, visitávamos parentes que moravam em uma cidade do interior de São Paulo. Lá, um dos meus tios era gerente de um grande supermercado e, por ocupar um cargo tão importante, sempre ganhava presentes de seus clientes e fornecedores. Chegamos a formar vários times e organizar campeonatos de futebol de botão só com os brindes que ele ganhava.

Na hora do almoço, bebíamos as tubaínas. Gostava, particularmente, de um refrigerante sabor maçã. O rótulo – de papel – parecia uma carta de baralho; a marca só existia naquela região...

De volta à casa, no mercado do bairro, comprávamos o doce de leite Muzambinho. Toda vez que via o produto na prateleira, sentia a cidade em que nasceram meus pais homenageada e mais conhecida.

Gosto de ver produtos locais dividindo espaço com as marcas consagradas. A padronização pode nos levar a um mundo onde tudo é conhecido, sem surpresas e, portanto, sem graça. Basta entrar em um Shopping Center de qualquer cidade grande brasileira para ter a estranha sensação de que estamos sempre no mesmo lugar...

Em 2010, fui convidado a realizar um rápido trabalho em um país da vasta América Latina. Fiquei hospedado em um local bem confortável, mas que não oferecia café da manhã. Em compensação, no próprio apartamento, havia uma cozinha e qualquer refeição poderia ser ali preparada. Passei, então, por um supermercado para abastecer a despensa e, ao olhar as gôndolas, lá estavam as mesmas marcas de cervejas, refrigerantes, iogurtes e, mesmo o pão de fôrma, com fatias cortadas de outra forma e rótulo diferente, exibia, no fundo da embalagem, a palavra Bimbo, nome do mesmo fabricante das principais marcas de pão de fôrma vendidas em nosso país. Se, por um lado, havia a segurança e a certeza de um produto de qualidade, por outro, ficava a ausência da cultura local. Para não ficar totalmente sem novidades, comprei uma caixa de suco Del Valle... sabor toronja.

※ ※ ※

Minha mãe, mulher de boa-fé, foi cliente de uma dessas lojas em que, primeiro, pagam-se as prestações para, depois, pegar o produto. Ah, é claro, havia sorteios de prêmios. Contudo, minha mãe nunca os ganhou. Restava, apenas, resgatar, pelo dobro do preço, o valor do carnê pago.

Sabendo que meu irmão e eu sonhávamos em ter um Autorama, minha mãe, com o valor do resgate a que tinha direito, conseguiu comprar para nós um produto similar: um Dérbi-rama. O princípio era o mesmo do Autorama: uma pista com duas raias para dois competidores apostarem corrida. No entanto, ao invés das tradicionais miniaturas dos carros de Fórmula 1, o brinquedo trazia duas charretes. Uma haste ligava o movimento das rodas aos braços dos jóqueis e, na medida em que apertávamos o controle para acelerar, os bonequinhos agitavam as rédeas e um chicotinho que traziam nas mãos, tocando, literalmente, um cavalo de potência.

Por essa época, os outros meninos do bairro que tinham seus Autoramas resolveram unir pistas, fontes, controles e carros para fazer um torneio na vila. Meu irmão e eu fomos convidados e levamos nossa pista verde para ser emendada às outras pistas cor de asfalto e, como não tínhamos os carros, apresentamos nossas charretes para a disputa.

Era um espetáculo à parte ver as "carrocinhas" ultrapassando Ferraris, Lótus e McLarens. Naquele pequeno circuito, as grandes marcas ganhavam uma, perdiam outra e podiam, em algum momento, ficar para trás...

☆ ☆ ☆

Em tempo, para terminar estas linhas: o Ronald Golias me fez rir tanto quanto o Jerry Lewis.

Questão de tato

Ofereceram-me um emprego virtual; decisão de meus superiores que perceberam que poderiam minimizar custos reduzindo o número de funcionários dentro das instalações da empresa. Assim, todo empregado que pudesse exercer suas funções em casa, de casa mesmo cumpriria seus compromissos diários e daria a resposta esperada em tempo real.

Gostei da ideia, é claro. Hora de ir, hora de voltar, horas e horas de trânsito caótico, horário de pico, tudo ficou para trás. De casa p'ra casa, nunca mais chegaria atrasado ou faltaria ao trabalho.

Periodicamente, teria de comparecer a algumas reuniões com toda a equipe. No mais, porém, não via mais os meus amigos de escritório. Nossas conversas, de mesa em mesa, passaram a se dar pelo computador. Aprendi a sorrir por letras (rs) (hehehe) (kkkkk)... e com mais tempo livre para esporte, lazer, resolvi voltar a estudar.

Ofereceram-me ensino virtual. Nada de cadernos, lousas, andanças pelo *campus* da universidade, deslocamentos de um lado a outro da cidade. Com disciplinas organizadas em módulos, assistiria às aulas de minha escrivaninha. Hora marcada somente para fóruns, *chats*, salas de discussão... ambientes virtuais, dúvida que não erguia o braço. Minhas perguntas, as mais indignadas, eram marcadas por interrogações seguidas de exclamação (??!).

Com tantas atividades diárias diante da tela, o computador passou a ser minha janela para o mundo. Muitas coisas me foram oferecidas por esse meio: linhas e linhas de produtos, o mundo *on line*, e, via cabo, o supermercado também chegou à minha porta.

Ofereceram-me as compras do mês – os melhores preços do ano – e, por uma ou duas vezes, assim as fiz. Fotos de produtos, por gênero, ilustravam a minha necessidade. Bastava um *click* e o item escolhido era acrescentado à minha cesta de produtos; um carrinho virtual que eu guiava sem empurrar. Foi aí, porém, reflexo inverso da tela, que me vi analógico, anacrônico: senti saudade. Faltavam os passos pelos corredores, faltava a surpresa de ver, na prateleira ao lado, um produto fora da lista, um produto inesperado, fruto do improviso, em decisão repentina, ser levado para casa. Faltava o olhar ao redor, faltava a atração pelo olfato, faltava o sorriso da moça, o contato com o outro faltava...

Ofereceram-me, dia desses, um namoro virtual... Bem, creio que minha resposta à tal proposta eu já deixei escrita lá no início, bem no título desta crônica...

Photon

Entrando no supermercado, era o último corredor à esquerda; ali ficavam pastas e cadernos: em brochura e espirais... Eu escolhia pela capa...

A fotografia, já foi dito, foi um dos primeiros inventos que possibilitaram ao ser humano conhecer lugares que jamais havia visitado, conhecer fisionomias de gente sem que houvesse qualquer encontro pessoal, aperto de mão...

* * *

Quando eu era criança, as capas de caderno traziam imagens bucólicas, de forte colorido, mas que tinham de ser cobertas, encapadas por um sisudo papel pardo, e só voltavam a revelar suas cores com o ano já findo...

Já no período de minha adolescência, o cenário era outro: quem tinha a minha idade só comprava cadernos espirais e as capas, sem qualquer proteção, eram exibidas livremente e expunham gostos, projetavam sonhos...

A *Pop Art*, finalmente, encontrou espaço nas capas de pastas e cadernos: uma quase tela.

No último corredor à esquerda, eu fazia minhas escolhas: um voo de asa delta sobre uma floresta boreal, lugar distante de mim... Uma bela moça, de costas, mostrando o delicado perfil com um leve movimento de cabeça, como se fosse olhar para trás... para mim?... Uma pasta com elásticos, para guardar documentos e folhas avulsas, em forma de colagem, apresentava imagens de vários objetos retrô (binóculos, relógios de bolso...) e a capa do Rubber Soul, dos Beatles, com sua icônica foto levemente distorcida, convidando a uma viagem pelo rock-barroco-pré-psicodélico... um de meus discos prediletos.

Van Goghs e *Monas Lisas* também habitavam as capas dos cadernos... vulgarização da arte ou a possibilidade de que a arte pudesse estar em toda e qualquer mão?

Cada início de ano era tempo de novas escolhas... Último corredor à esquerda e lá estava eu diante de John Lennon, sentado em posição de lótus, óculos redondos, cabelos longos, com vestimenta de anjo, que deixava levemente à mostra a cor azul de suas calças *jeans* e suas botas marrons.

Chegadas e partidas... Naquele mesmo ano, muita gente boa nasceu... rostos que, até então, eu desconhecia... E muita gente boa se foi... deixando atrás de si fotografias de um tempo que sumia em uma curva... O último corredor à esquerda...

O biscoito mais fino

"Os produtos mais pesados, as embalagens mais resistentes devem ser colocadas no fundo. Produtos delicados, ovos, biscoitos finos devem ficar por cima. Produtos de limpeza devem ser colocados em pacotes separados. Produtos que vão para a geladeira também não devem ser misturados aos demais...".

E assim fui aprendendo o meu primeiro ofício que, na época, podia ser informal, um trabalho para meninos: empacotador de supermercado.

O gerente da loja nos pagava um fixo, mas nós, meninos, achávamos que boas gorjetas poderiam nos dar um segundo salário e nos esmerávamos em prontidão e simpatia.

Lembro-me de uma vez em que uma senhora, com jeito de *madame* rica e elegante, começou a passar suas compras pelo caixa em que eu trabalhava. Os outros meninos começaram a me olhar como se eu tivesse tirado a sorte grande e eu, de imediato, passei a fazer o meu trabalho ágil e cuidadoso para atender a *madame*. Terminados os pacotes, ofereci-me para levar as compras até o carro e coloquei todos os pacotes, ordenadamente, no porta-malas. Ela me deixou com um "muito obrigada" e um sorriso, e foi-se embora.

Alguns dias depois, foi a vez de um homem, com mãos grossas e impregnadas de graxa, passar pelo meu caixa. Fiz meu trabalho como de costume e, antes que eu oferecesse, o homem me pediu para levar as compras até seu carro: um veraneio bem antigo, de lataria fosca, queimada de sol – pálida de qualquer cor... O homem me agradeceu com um leve afago e uma gorda gorjeta e, sim, aprendi logo cedo a velha lição de não julgar pelas aparências...

Dois lances de escada acima de nós, ficava a gerência, em uma sala aberta, cercada, apenas, por um gradil. Como bons biscoitos finos, eles ficavam por cima e, de lá, podiam ver tudo o que se passava na loja.

Meu posto de trabalho era atrás do caixa cinco. A operadora era Ritinha, possivelmente, a moça mais bonita dali. Tinha rosto angelical e, apesar de muito jovem, sua alma parecia ter a idade da Terra: sabia das eras, sabia quem somos, sabia como tratar cada pessoa.

Lá de cima, de onde estava, a gerência, da mesma forma que eu, deve ter visto as qualidades de Ritinha e, logo, ela estava dentro da loja, atendendo no setor de frutas e verduras.

Ritinha, lembro bem, tinha olhos tímidos e creio que notava quando os meus, também tímidos, ficavam felizes ao vê-la: era terno o olhar que me devolvia...

Não demorou muito para que Ritinha passasse a encarregada do setor e, alguns meses depois, foi levada para trabalhar com a gerência.

Ela havia subido as escadas, estava lá em cima... Mas era ela quem sempre descia para pedir algo aos demais funcionários, dar instruções. Tom de voz comedido, respeitoso, educado. Um leve sorriso. Criava em nós a sensação de que era bom estar ali, saber ouvir, trabalhar, procurar agradar, tratar bem e ser bem tratado. Ritinha sabia transitar naquele mundo de dois andares.

Quanto a mim, tinha consciência que precisava de uma profissão, que precisava seguir meu rumo e, no caso, para mim, o rumo era o estudo; um estudo que me desse uma profissão.

Entrei em um Colégio Técnico e, ainda no primeiro ano, consegui um estágio e, no ano seguinte, um emprego fixo na área. Segui em frente e fiz o Curso Superior.

Filho de uma família humilde, fui o primeiro da casa a ter um diploma de faculdade. Todos ficaram orgulhosos, felizes e resolveram que a ocasião merecia uma pequena festa entre parentes e amigos mais próximos.

Nenhum dos meus antigos amigos empacotadores do supermercado estava naquela comemoração. Eu nunca mais os vi. Sei que alguns tiveram melhor sorte que eu e que outros não tiveram sorte alguma. Já vivi o suficiente para saber que competência, oportunidade e sorte não seguem caminhos exatos. Há coisas que podem dar errado, há coisas que podem dar certo e nem tudo está sob o nosso comando.

Nos últimos anos, especializei-me em Logística – "os produtos mais pesados, as embalagens mais resistentes devem ser colocadas no fundo..." – e os ensinamentos daquele primeiro emprego ainda parecem servir.

Lembro-me de muitas coisas daquela época, mas dentre todas elas, guardo Ritinha como a lembrança mais doce, mais leve, mais delicada, acima de todas, o biscoito mais fino.

refletido

O calendário de Íris

Vamos, vamos desmontar o Natal, que ele volta no final do ano. Como na casa da gente, tudo tem dia certo para acontecer. Afinal, logo será Carnaval e somos nós que anunciamos com enfeites-fantasias os dias de festa.

Depois que as cores dançam, tudo vira cinza e se avizinha a Páscoa com sabor de chocolate e coelhos que povoam nossas lojas: é de encher os olhos.

Saem as fitas da Páscoa e entra o coração de Mãe. Nele tudo cabe: uma flor, um perfume, um prato predileto, alguma coisa que falta para fazer melhor o conforto do lar, um carinho para a pessoa... final de abril, início de maio, que o amor seja farto.

Vêm as Festas Juninas e as cores brincam de roda. Sobem as bandeirinhas e os nossos corredores, agora, são quadros de Volpi. Quentão, paçoca, sabor e cheiro de interior. Milho cozido, milho para pipoca, pipoca de micro-ondas; um campo caipira na cidade grande... Certo é que esse tempo, como as outras datas, passa e chegam as férias de meio de ano...

E se é ano de Copa, temos imagens de craques, bandeiras, camisas e bolas. Se é ano de Jogos Olímpicos, nossos anéis-bambolês, de igual forma, unem – em cores – continentes e nações.

VIDA A GRANEL 41

Agosto é a vez dos Pais, que os pais também têm mês. Mês para celebrar a amizade, o encontro de pais e filhos, garotos que esperam o dia de barbear, a tarde de futebol, a noite de pescaria, tudo temos em comum a oferecer.

Flores de setembro, cores de primavera, vida que brota outubro e o tempo torna a ser criança: Nacional Kid, Topo Gigio, Pica-Pau, Pernalonga, Bob Esponja – quantos nomes de infância já passaram por aqui – Mach 5, Ultra Seven, Ben 10 – inúmeros heróis para narrar os sonhos de nossa imagem e semelhança...

Se alguém, por algum acidente interplanetário qualquer, não souber em que tempo estamos, entre em uma de nossas lojas e olhe ao redor: nossa decoração reflete estações, anseios, costumes e gostos...

Sabe-se bem o que é um final de novembro, um início de dezembro, em vestes vermelhas, um ano já Bom Velhinho e os nossos votos de um belo Natal... O futuro é o presente que vem.

Vox Populi

O que se chama, comumente, de "opinião pública" é, na verdade, "opinião da imprensa". E quem é a imprensa? Sim, pois é certo que a imprensa há de ter um rosto...

Penso que é gente, na maioria dos casos, bem formada, bem informada e, se empregada, é gente que tem patrão, que trabalha para pequenos e grandes grupos, gente que tem interesses e que defende os interesses que tem. Tem gente bem-intencionada e gente que não se lembra de onde vem. É uma parte pequena do povo e que nem sempre sabe o pensamento que o povo tem.

Para o bem e para o mal, são formadores/deformadores de opinião, posto que têm a faca, o queijo, o papel, a tinta, o microfone, a câmera e a tela nas mãos.

Quem quiser, de fato, conhecer a "opinião pública" tem de andar como o povo anda: nas ruas, nos becos, nas praças e avenidas; a pé, de trem, ônibus, lotação e metrô; tem de ir aos botecos, às padarias, ao calçadão, às feiras livres e supermercados.

Nesses lugares, é claro, tem gente de tudo que é jeito: tem gente boa, tem gente simples, tem gente tonta e gente que se perdeu. Tem gente que se confunde e acha que o que leu no jornal, na revista, o que ouviu no rádio, o que viu na *internet* ou na TV é a sua própria opinião. Tem gente que não: gente que pouco foi à escola, mas que tem muita sabedoria, pois, como diria o comentarista esportivo, "uma coisa é uma coisa, outra coisa é outra coisa".

Ao contrário dos programas que vendem chacinas, banhos de sangue e água sanitária, Seu Severino, com sapiência nordestina, afirma:

– Se tivesse pena de morte no Brasil, só preto e pobre pagariam com a vida.

Seu Tenório, homem dos Pampas, sabe que a corrupção não foi inventada no século XXI, com tribunais *on line* e "ao vivo":

– Desde os tempos do Império, desde que o mundo é mundo, isso sempre existiu...

Dona Teresa já trabalhou em casa de coronel. Viu muito jantar de negócio e muito baralho serem jogados na mesma mesa:

– As cartas trocam de mãos e os jogadores são os mesmos.

Dona Luzia foi parteira na roça. Viu muita gente nascer e viver. Não acredita em preferência ou opção sexual:

– A pessoa é. Não quer ser. Cada um é como é e não o que a gente quer que seja. O que vem de dentro 'tá muito além da razão.

Seu Zezinho é camelô. Nunca ouviu falar em *bullying*, mas sabe a diferença entre brincadeira e preconceito:

– Vem cá, minha nega. Deixa de besteira...

❊ ❊ ❊

O caixa três está livre: – Próximo cliente, por favor.

Nas águas do tempo

Era uma época em que os homens não usavam *shampoo*. Cheios de machismos-achismos, lavavam os cabelos com sabão de coco. Fui um menino desse tempo. Tive meus cabelos cortados-raspados à moda do exército e com sabão de coco os lavava também.

A virada de décadas, 1960-1970, ao mesmo tempo em que trazia racionamento e carestia, oferecia novas modalidades de consumo: mais produtos e embalagens barateadas-plastificadas-massificadas-descartáveis.

Aos poucos, substituíamos nossas latas de manteiga por potes de margarina (no início, parecia aguada). O leite entregue em garrafas de vidro, uma vez racionado, passou a ser vendido em sacos plásticos, tipo B-tipo C, e tinha de ser buscado em padarias e supermercados. Até água mineral chegou a ser assim plastificada...

Era uma época estranha: a novela das oito começava realmente às oito e, nos intervalos comerciais, sabões em pó, de todo tipo, eram anunciados para as donas de casa. Verdadeira *soap opera*...

As máquinas de lavar ainda eram para poucas famílias, mas o sabão em pó era algo a que quase todo mundo tinha acesso.

Lembro-me, em particular, de um período em que um fabricante de sabão em pó oferecia, como brinde, histórias de Monteiro Lobato. Eu, ainda menino, envolvido e interessado na leitura, passei a escolher, por minha mãe, a marca do produto e aguardava, com ansiedade, a nova compra do mês para ter mais capítulos-fascículos de história em minhas mãos. Pelas linhas de Lobato, minha mente se fantasiava de encantos, castelos, princesas, príncipes e embates de capa e espada.

Com o avançar da década de 1970, meus cabelos cresceram, abandonei o salão de barbeiro e aderi ao *shampoo* e ao creme *rinse*.

Muitas águas passaram-se-foram décadas-e-décadas viraram o século e um novo milênio chegou.

É interessante ver o movimento das águas: fluxo-refluxo-remoinho...

É estranho ver o movimento de homens – fluxo-refluxo-remoinho de ideias – que tentam, com os produtos de limpeza de hoje, limpar o passado. Muitos desses homens querem filtrar-maquiar-pasteurizar Lobato. Lobotomia...

Ora, hora. Oras, horas. Será que esses senhores não viram o tempo passar?

A hora é outra: abram os registros, enxáguem suas mentes e deixem o Monteiro em paz.

A soma das partes

– Moça bonita não paga, mas também não leva...
O feirante lança o gracejo e segue seu canto de ofertas...

* * *

Quando surgiram as Histórias em Quadrinhos, muitas pessoas acreditaram que crianças e jovens deixariam de ler livros. As crianças e jovens daquele tempo cresceram e os livros aí estão...

Algo semelhante aconteceu quando do surgimento do Cinema: muitos imaginaram que seria o fim do Teatro.

O advento da TV parecia condenar o Rádio...

* * *

Nos alto-falantes do supermercado, uma voz anuncia:
– A oferta da hora é azeite espanhol! 50% de desconto para quem comprar azeite espanhol na próxima hora.

* * *

Na cabeça de muita gente, Feira Livre e Supermercado disputavam o mesmo espaço e, com a expansão das redes de supermercados, muitos pensaram que as feiras livres teriam fim.

O que vemos, contudo, é que as feiras livres continuam a circular pelos bairros. Sábado, domingo ou qualquer-dia-feira, há uma feira perto da casa de alguém.

Japoneses, nordestinos, portugueses, árabes – gente de todo canto – tudo quanto há – fazem da avenida, por algumas horas, um pedaço de Istambul.

Japoneses, nordestinos, portugueses e árabes, porém, também são donos de supermercados e os dois meios de circulação de mercadorias, no desenrolar do tempo e das necessidades, assimilam as melhores características de um e outro.

Em algumas ocasiões, o supermercado se assemelha a uma feira *indoor*: oferece sabores rústicos, tem bancas de frutas, legumes e, até pastel de feira, muitos mercados têm.

Há feirantes, por seu turno, que, hoje, aceitam cartões de débito, crédito, de todas as bandeiras, vendem frango já limpo, congelado, inteiro ou em pedaços, e embalam as compras dos clientes como seriam embaladas em um supermercado.

"No supermercado, todavia", alguém pode afirmar, "existe a comodidade do estacionamento, a cobertura, a proteção contra o frio, contra a chuva...".

"Mas nada substitui", outro alguém argumentaria, "os aromas, os alaridos, a crueza, a venda a granel, o peso bruto, o romantismo e a experiência atávica que é caminhar por uma feira livre".

Ouço os dois com atenção e, se perguntarem minha opinião, direi:

– Leia o livro e assista ao filme.

* * *

A moça bonita acaba de passar pelo caixa...

Laço entre as cores

Às vésperas da Páscoa, os corredores do mercado são túneis de chocolate. Sigo por eles e através do tempo...

Herdamos os dias e os fatos que celebramos: cultura e raiz que se erguem da terra, das gentes que fomos e somos, retalhos que se costuram em um mesmo longo tecido.

O Carnaval que passou é pagão. A Quaresma que agora termina é cristã.

O pão e o vinho são cristãos. O coelho e o culto a Baco são pagãos.

As oliveiras e as virtudes formam um cenário cristão. Quem não foi batizado, feijão que não foi amassado, é pagão.

A multiplicação dos peixes é cristã. O bacalhau vem das águas frias, antigas águas pagãs.

Os tapetes coloridos que estendem imagens santas sobre as ruas das cidades pequenas são cristãos... e depois se desfazem sob os pés da procissão.

O papel ornado em desenho e brilho que embala cada ovo-sonho-de-páscoa é pagão... depois, desfaz-se o encanto quando o que embrulha se acaba.

O cacau é amargo. O chocolate ao leite é suave, doce: resultado da mistura escuro, claro, é bom, é claro.

Asa de anjo é cristã. Cocar de índio é pagão. Pena, pena.

Moramos em um mundo de símbolos e os símbolos moram em nós.

Todo ano, o ano inteiro, o calendário desfila rituais que cumprimos em datas: o nascimento, a cruz, a ressurreição, a pomba, o batismo na água, o arroz sobre a noiva, as bodas de prata, ouro, a missa, a ceia, pular sete ondas, seis sementes de romã na carteira... crenças cristãs... festas pagãs...

O amor é cristão, é pagão ou é comum-de-dois?

Do lado de fora do mercado, sorrisos aguardam um presente: entre amigos, namorados, nas creches, nos orfanatos, na casa da gente, lugares p'ra se ofertar o carinho.

Na conta que soma e aceita as diferenças, a vida tem mais sabor.

Keynes fazendo compras

Gosto de observar a decoração dos supermercados enquanto escolho os produtos que vão para o meu carrinho, pré-caminho de minha casa.

Ali, no setor de cereais, há uma bela pintura que mostra homens e mulheres trabalhando na colheita do trigo – trabalho comunitário, essencial, como essencial é o pão que pomos sobre a mesa de toda manhã.

No corredor do café, vejo uma fotografia de grãos torrados, prontos para serem moídos – ao fundo, um velho pilão.

Vacas leiteiras, malhadas, saudáveis, ilustram o que dividimos, aos litros, entre nossos filhos.

Em uma embalagem, uma moça sustenta, sobre a cabeça, um cesto de azeitonas verdes – lugar de onde eu colho o azeite já pronto e ponho entre os produtos que jamais plantei ou fabriquei.

Próxima das bancas de legumes e verduras, uma gravura de uma balança de dois pratos – instrumento posto de lado depois que surgiram as balanças digitais... Dois pratos: um prato alimenta o mercado, o outro alimenta a necessidade. P'ra que tudo não seja soja, é necessário que alguém plante feijão.

Quando crianças, fazíamos o experimento na escola: um grão de feijão em algodão umedecido dentro de um pote de vidro. Nos dias que seguiam, observávamos o seu processo de germinar, retorcer-se, procurar a luz do sol... Mesmo que não seja tão fácil, mesmo que não seja tão simples, é preciso que alguém o faça.

Onde é que se plantam as amoras? Quem é que me serve a geleia?

Alimento-me de imagens.

Passando pelo caixa, vejo uma comunidade inteira sobre a esteira que se move. O valor de cada produto é registrado em uma bobina de papel. Ali está o Governo, ali está o Estado, ali está a indústria, ali está o suor de cada ser humano que me serve com a força de seu trabalho e a quem eu, também, quero servir.

Vamos juntos p'ra casa...

outro

Primórdios

Foi assim que tudo começou no pequeno povoado: Dona Eva fazia coadores de pano como ninguém e passou a oferecer, toda manhã de domingo, na praça central, um pouco de seu trabalho às outras senhoras, suas vizinhas, que voltavam da primeira missa do dia.

Seu Jurandir tinha algumas galinhas que botavam ovos p'r'além da conta e, pensando nas casas em que os ovos faltavam, resolveu seguir os passos de Dona Eva: próximo dela, na mesma praça central, acomodava ovos em cestas de vime e os vendia a quem quisesse comprar. De vez em quando – sempre que precisava –, levava um coador de pano p'ra casa.

Dona Matilde achou que seria boa ideia fazer o mesmo com os seus bordados. Suas mãos, tão certeiras, faziam arte que poucas faziam e ali, na mesma praça, ela poderia levar toalhas, panos de prato, caminhos de mesa ao alcance de todas as mãos.

Seu Leonardo, dono de gordo gado, passou a salgar algumas boas peças para, quem sabe, dar um pouco mais de sabor ao almoço daqueles domingos.

O Juca do Seu Antônio, naquele tempo sem fidalguia, a mando de seu pai, engarrafava o vinho das uvas que cultivavam e, à sombra de uma árvore da praça, de um modo muito especial, fazendo trovas e graça, vendia vinho e poesia.

Laurinha, nos dias de calor, sentindo o que todos sentiam, preparava jarras de laranjada e limonada para matar a sede de quem parava por ali. Para os dias frios, um cafezinho, uma xícara de chá, um chocolate quente, ela sabia, cairiam bem.

E assim, progressivamente, mais e mais gente dispunha dos seus dotes, do que sabia fazer bem, bem em quantidade, bem melhor que outro alguém, e transformava a grande praça, naquelas manhãs de domingo, em um mercado de trocas, em um centro de convívio.

Tudo acontecia a céu aberto, sujeito a sol forte, ventania e dias de chuva. Seu Dimas, atento aos possíveis desconfortos, construiu um galpão coberto com telhas de barro e o fez bem iluminado. Por uma pequena porcentagem daquilo que vendiam, deixava que homens e mulheres, com seus produtos, ali ficassem.

Seu Abílio nem sempre podia ir e ficar. Pedia, então, que Seu Dimas tomasse conta dos grãos que colhia porque outros iria plantar.

Seu Dimas tinha sua casa logo ao lado daquele galpão e não lhe custava deixar o lugar aberto até um pouco mais tarde, até que todos comprassem. Não viu, também, problemas em deixar que os produtos não perecíveis ali ficassem guardados até a semana seguinte.

Mas por que deixar tantas utilidades fechadas à espera de outro domingo? Procurou os pequenos produtores e se propôs a fazer por eles o que fazia por Seu Abílio.

Seguindo suas vocações naturais, é claro que alguns preferiram continuar na praça, enquanto alguns novos, pelos mesmos motivos, com novos produtos, à praça chegavam. No entanto, todos no povoado agora sabiam que, todo dia, toda hora, podiam contar com o Mercado do Dimas a cada momento de precisão.

Seu Dimas servia os produtos, servia um sorriso, dava o troco, trocava palavras amigas, facilitava, parcelava contas em prestações, mas jamais vendia fiado – ciência antiga que tinha.

Crônica da memória

– Por que você não leva a lista?

– Porque são só sete itens e eu sou capaz de lembrar.

Com o pão de fôrma, mortadela, queijo prato, peito de peru, leite e o achocolatado na cesta de compras, ele se lembrava do diálogo com a esposa, mas não conseguia lembrar o que era o sétimo item.

Ela abre a sacola de compras e, de pronto, pergunta:

– E o requeijão?

– Putz! Requeijão! Eu volto lá p'ra pegar...

Outro dia, poucos itens e, diante das gôndolas, ele pensava: "Não há como não lembrar: Dona Margarida, minha vizinha, já peguei a margarina. Flora, minha prima, já peguei a couve-flor. O que mais falta, o que mais falta?".

E, em casa, ela pergunta:

– Você não trouxe a cândida?

– Cândida, minha avó, como pude esquecer a minha avó?! Eu volto lá p'ra pegar...

Novo dia, nova ida ao mercado e, pelos corredores, novamente ele sofria: "Era só um A, B, C, D o que eu tinha p'ra lembrar. Brócolis, carne, detergente. A, A, Ah, meu Deus, não consigo me lembrar".

– Amor, cadê o arroz?

– A, arroz. Ah, arroz! Eu volto lá p'ra pegar...

Final de semana, compra maior. Ela resolve ir com ele ao supermercado e ele, finalmente, cede e concorda em fazer uma lista.

Ela abre os armários, canta o que falta e ele toma nota:

Cera (cera)

Sabão em pó (sabão em pó)

Lustra-móveis (lustra-móveis)

Amaciante (amaciante)

Feijão (feijão)

Sopa de cebola (sopa de cebola)

Maionese (maionese)

Açúcar (açúcar)

Sal (sal)

Azeite (azeite)

Pasta de dente (pasta de dente)

Fio dental (fio dental)

Creme de barbear (cre-cr-cr--... Azul escuro... Azul claro... Azul falhado... Risco seco... risco-risco-risco... nada!)

– Amor, não me deixe esquecer de comprar caneta.

Marca registrada ®

O "Mercado do Zé" era o mercado mais antigo da Vila do Virador. Popular e de bom gosto, com bons preços e bom atendimento, o "Mercado do Zé", sem qualquer placa de anúncio, atraía consumidores até dos bairros vizinhos.

Com a sede natural de toda nascente, o país crescia no mundo, o estado crescia no país, a cidade crescia no estado, a vila crescia na cidade e o Zé crescia na vila. Previdente, o Zé sabia poupar, sabia investir e, em pouco tempo, adquiriu o enorme terreno que havia ao lado de sua pequena loja.

O destino era certo, estudado e planejado: a construção de um supermercado bem estruturado, organizado, limpo, bem iluminado, com indicações claras de seções e produtos.

Tudo, rapidamente, saía do papel e virava obra de cimento, tijolo e fino acabamento e, em dois tempos, cada detalhe do novo estabelecimento tomava forma: uma seção dedicada a produtos integrais, outra dedicada aos dietéticos, outra aos *light*, outra aos orgânicos, um setor climatizado para abrigar vinhos com rótulos de todo o mundo, lanchonete, cyber café e, claro, todas as demais seções de um supermercado convencional.

Havia, porém, um problema a ser resolvido: o nome. Um supermercado de tamanho porte e com um projeto tão moderno, arrojado e em sintonia com os novos tempos não poderia, simplesmente, chamar "Mercado do Zé"! Mas que nome dar? Por mais que se esforçasse, José não conseguia chegar a um nome. E agora?

A poucas semanas da inauguração das novas instalações, José teve uma ideia: fazer uma consulta popular. Colocou uma caixa de sugestões na saída do mercado e, passados dez dias, recolheu todas as propostas e mandou confeccionar um *banner* com os nomes apresentados pelos clientes. Abaixo do *banner*, instalou uma urna, cédulas impressas e canetas para que o povo pudesse votar.

Havia nomes para todo gosto e raros eram os que escapavam de algum comentário:

"Supermercado da Paz Mundial" (parece nome de igreja!)

"Supermercado Gnomos" (deve ser sugestão daquela astróloga maluca!)

"Terceiro Milênio" (será que foi outra sugestão dela?)

"Ecomercado" (esse é ambientalista...)

"Supermercado Virad'Ouro" (será que eu entendi?)

"Mercoglobal" (coisa de economista...)

"Tudo Aqui"

"Mão na Roda" (esses dois 'tão com cara de coisa feita por publicitário)

"Joe's" (sempre pinta um em inglês...)

"Nossa Senhora de Fátima" (só pode ser o Seu Manuel querendo criar uma filial da padaria...)

"Compras do Mês & Compras da Vez" (bom, mas um pouco longo, não acha?)

"Barato do Dia" (hummm, não sei, meio viajandão...)

Vozerio, movimento e ótima participação da clientela. Hora de abrir a urna e contar os votos. E o vencedor foi... "Supermercado Virad'Ouro"!

O José gostou! Havia várias coisas a serem vistas naquele nome: uma homenagem à vila, uma promessa de mudança, prosperidade...

No dia da inauguração, José resolveu premiar o cliente que havia sugerido o novo nome com três compras do mês e desvelou a placa com o novo nome – Supermercado Virad'Ouro – para que fosse iluminada. Daquele momento em diante, era assim que o supermercado deveria ser chamado.

Deveria? Deveras...

Apesar de todo o empenho do orgulhoso proprietário, as pessoas continuavam se referindo àquele prédio novo e bem construído como "Mercado do Zé". Sempre que estava por perto, José, polidamente, corrigia:

– Não, não. Nós crescemos. Agora somos o "Supermercado Virad'Ouro".

Instruiu os funcionários para que, com um sorriso no rosto e muita educação, fizessem o mesmo.

Para o José, era uma questão de tempo. O povo demora mesmo para se desapegar de um costume e pegar outro.

❋ ❋ ❋

Alguns meses depois, numa manhã de segunda-feira, José seguia, de carro, de casa para o trabalho. Trânsito lento. De repente, o caminhão que ia à sua frente parou e José presenciou o diálogo do motorista com um transeunte. Com uma nota de entrega nas mãos, o motorista perguntou:

– Onde fica esse Supermercado Virad'Ouro?

– Virando a próxima esquina. É o Mercado do Zé!

– Por que é que não escreveram isso na nota? Valeu, chefia!

E voltou para o volante.

Na semana seguinte, todos podiam, de longe, enxergar o novo luminoso: "Mercado do Zé".

Assim foi e assim ficou.

(Agradeço a leitura e a freguesia!)

Digitais

Rubem pensava de forma exata:

"Como pode o número menor custar mais que o maior?"

E com essa lógica em mente, trocava a etiqueta dos preços. Assim, uma garrafa de 51 passava a ter preço superior ao de um Ballantine's 12, uma Malt 90 ultrapassava, e muito, o preço de um Mark One.

Contrário à inflação, Rubem julgava-se um patriota e removia, cuidadosamente, a etiqueta da remarcação de preço para pagar o justo: o preço antigo ainda colado por baixo.

Não achava correto, também, que os importados fossem mais valorizados que os produtos nacionais; logo, os preços estavam trocados.

As grandes marcas, as multinacionais, por sua vez, deviam repartir suas riquezas com os produtos locais: mais preços trocados.

Ele roubava os ricos... e se considerava pobre.

Um dia, porém, Rubem sorriu, foi filmado e descobriu o código de barras em uma Delegacia de Polícia.

* * *

O tempo passou e um outro código de barras surgiu para substituir as antigas etiquetas nos supermercados.

Dona Zilda, uma velha amiga e mulher de religião e fé, dizia que o código era o anúncio da chegada do anti-Cristo, ante-véspera do fim do mundo.

Ela explicava, apontando a Bíblia, citando de Profetas a Apocalipse, todas as metáforas que associavam o código de barras à Besta.

Eu, que sempre fui meio besta, tenho cá para mim que quem espalhou tal boato, por pura vingança, foi o Rubem, perdido em um corredor qualquer, enquanto confirmava o preço de alguns produtos...

Sala de Star

– Olha! É ela!

– Será?

– Não, não é ela, não.

– O que ela faria aqui?

– Ora, o que todo mundo faz: compras!

– Mas num bairro como este?

– Li numa revista que ela morou perto daqui.

– É verdade. Meu tio disse que morava na mesma rua que ela. Lembra dela, ainda criança, brincando, com as duas irmãs, no quintal da frente da casa.

– Ela tem duas irmãs?

– Tem.

– E só ela seguiu carreira?

– Parece que sim.

– As irmãs são muito tímidas.

– Então deve ser ela.

– Pode ser.

– É, sim. Repara nos ombros, no jeito de andar... igual na TV. É ela, sim.

– Na TV, ela parece mais alta...

– Mas é ela. Tenho certeza!

A roda de curiosos aumentava e tentava se fazer discreta, olhar de soslaio e fazer comentários de canto de boca:

– Veja onde ela está enchendo o carrinho...
– Na seção de frutas e verduras.
– Vou comer mais cenoura p'ra ver se fico com a pele igual à dela.
– Segunda-feira, volto p'ra academia.
– E eu começo a minha dieta.
– Com o décimo terceiro, 'tá decidido, faço minha lipo.
– Já marquei com o cabeleireiro p'ra fazer hidratação dos cabelos.
– Eu vou pedir a Deus p'ra nascer de novo. Acho que é mais fácil.
– Agora ela 'tá pegando arroz integral.
– É... por isso que é assim...

E assim, saída da prateleira, ela passou direto pelo produto que anunciava – preferiu outra marca –, passou pelo caixa, pagou suas compras e saiu.

Atrás de si, na lembrança de cada um, deixou uma imagem cristalizada.

Consigo, levou o sorriso que mais amava: singelo, sem maquiagem.

Calos amigos,

O gerente era novo na loja, mas Dona Vernízzia era antiga no bairro. Morava naquela mesma rua desde antes da construção do supermercado. Era importante, portanto, tratá-la com simpatia. A cada "bom dia" ou "olá, Dona Vernízzia", a velha senhora vaticinava:

– Hoje chove!

– Será?

– Ô! Pode preparar as galochas!

E não é que chovia mesmo?!

* * *

No princípio, o jovem gerente duvidava:

– A senhora não está enganada, não? Na TV disse que ia esfriar...

– Vai esfriar nada, meu filho. Calor hoje, amanhã e domingo.

E assim acontecia: três dias seguidos de intenso calor.

* * *

– Dia bonito, não é, Dona Vernízzia?

– Mas vai virar...

– Não é possível, Dona Vernízzia, o tempo está firme...

Ela encolhia os ombros com ares de fazer-o-quê e acertava cada palavra dita.

* * *

Dona Vernízzia previa o que os satélites não conseguiam ver e o gerente, astuto, logo percebeu isso e passou a regular os estoques e a destacar os produtos de acordo com as palavras de Dona Vernízzia:

– Amanhã, garoa e esfria.

Bolos, chás e vinhos expostos com grande visibilidade.

– Nem parece que é inverno. Semana que vem tem veranico.

Sorvetes, sucos, cerveja e refrigerante ganhavam lugares privilegiados na loja. Na cantina, saladas de frutas, chás gelados e diversas delícias refrescantes eram ofertadas.

O supermercado se antecipava às necessidades dos clientes e suas vendas só aumentavam...

* * *

Com o passar do tempo, porém – tempo bom, tempo ruim, sol, chuva, casamentos e viúvas -, Dona Vernízzia passava, cada vez mais, discreta e calada pelos corredores e caixa.

O gerente estranhava, puxava assunto...

– Tudo bem, Dona Vernízzia?

Um sorriso, um cumprimento, um leve movimento de cabeça, a mão acenava, poucas palavras e nada sobre o tempo.

Por fim, depois de muitos dias de tempo ausente de qualquer conversa, o gerente resolveu ser direto:

– O que está acontecendo, Dona Vernízzia, a senhora não conversa mais comigo, não fala do clima... A senhora está bem?

– Sabe o que é, meu filho: fui a um calista e ele curou cada um dos meus calos. Agora, sem eles, nada tenho a dizer. Fiquei sem assunto.

E o gerente também...

* * *

Às vezes, é bom ter defeitos...

Lição de rua

"Recorte a embalagem, junte dez cupons e troque por uma pizza de *mozzarella* ou calabresa inteiramente grátis. Promoção válida até o final do ano".

Eram dois moradores de rua que conheciam as letras, conheciam os becos e sabiam que o melhor lixo vinha da classe B; a classe média alta.

A oferta na tampa da caixa de pizza não deixava qualquer dúvida: era só encontrar mais nove embalagens semelhantes e ir até a pizzaria fazer a troca. Sim, o endereço também aparecia impresso.

Não eram catadores de papelão, nem queriam fazer parte da cooperativa. Depois de abandonar uma vida regrada, não queriam cair em qualquer regra. Pelo mesmo motivo, evitavam os albergues. Vagabundo que se preza não aceita burocracia alguma. No entanto, vez ou outra, trocavam seus achados com os catadores. Os escambos rendiam cigarros, cachaça e uns bons sanduíches de mortadela.

Uma refeição quente, porém, parecia mais ao alcance da mão naquele momento. Era questão de paciência: mais um final de semana de bom consumo daquelas famílias e chegariam aos dez cupons; algo tão bom como um álbum de figurinhas completo... lembranças de infância que, às vezes, vinham...

Dez embalagens recortadas com a melhor simetria que os dedos podiam dar. E seguiram os dois indigentes para resgatar o prêmio de sua dedicação e disciplina.

– Fora daqui! Era só o que me faltava...

– Mas aqui 'tá escrito...

– Isso é uma promoção válida para os nossos clientes. Gente que compra sempre conosco, o que, com certeza não é o caso de vocês. Agora, fora daqui ou chamo a polícia!

Um cliente que foi até a pizzaria buscar o seu pedido assistiu a tudo e, após as ameaças do dono, resolveu interceder:

– Eles estão certos, senhor. No texto da promoção, não há referência alguma à obrigatoriedade de ser cliente para efetuar a troca.

– Fique fora disso, meu amigo. Quem é o senhor, afinal? Advogado?

– Sim, sou!

A briga estava comprada e o assunto foi parar no Tribunal de Pequenas Causas. O advogado, obviamente, trabalhou de graça para os mendigos. Não sabia ao certo o que o havia movido... Segundo sua esposa, ele gostava de encrenca, mas, naquela situação específica, tudo indicava ser senso de justiça, dignidade.

Caso concluído, causa ganha e os dois homens, garantidos pela jurisprudência, guardaram, por algumas semanas, o resgate a que tinham direito e, nesse meio tempo, recolheram, de muitas lixeiras, outras ofertas de empórios, mercearias, lojas, supermercados...

Naquele ano, graças às leis dos homens, às brechas do comércio e às bênçãos divinas, houve ceia a céu aberto na noite de Natal.

Na companhia de vários amigos, os dois adormeceram no parque.

Em dobras de esquinas

Achava, desde menina, que os supermercados gostavam das esquinas, pois era lá que ficavam os poucos que conhecia.

Uma lembrança: era domingo de manhã e a mãe prepararia o almoço para os parentes que viriam do interior: *lasagna* e frango assado. Da esquina seriam trazidos os ingredientes para servir a mesa...

Outra lembrança: ela, já moça, morando sozinha. Trabalhava, estudava, morava fora, mas, perto da nova casa, achou graça, havia um mercado na esquina. Foi lá que ela foi buscar o que faltava em casa. Faria um jantar para o primeiro encontro de amor. Estudava, mentalmente, cardápios, pensava em qual seria o melhor vinho...

Outro corte no tempo: alguns anos após o casamento, o batizado do primeiro filho. Almoço feito em casa para os parentes mais próximos e os padrinhos. A vida ao redor da mesa...

Neste momento, madura, tem, uma vez mais, a família reunida. Pensa em como atravessou os tempos de inflação, deflação, carestia, embates entre mercado e governo, oferta e procura, o que se exporta, o que se importa... põe a mesa e, em silêncio, dá graças por jamais ter conhecido as guerras e pelas oportunidades de ter preparado tanto amor na cozinha.

Vê o tempo adiante: dobra de mais uma esquina...

Resgate

Com tudo bem planejado, ele invadiu a loja. O sistema de alarme recém-instalado, porém, foi acionado e a polícia, em poucos minutos, chegou ao local.

Pelo megafone, o comandante da ação policial deu voz de prisão e anunciou prédio cercado e a impossibilidade de fuga.

De lá de dentro, contudo, o ladrão fez grave ameaça:

– Preparem um carro blindado para a minha fuga, chamem estações de rádio e TV para minha segurança ou eu mato o refém.

– Refém?! Quem ele poderia ter pegado como refém antes que o supermercado fosse aberto?

– Não sei... – respondeu um dos policiais.

– Quem é o refém? – perguntou, com sua mega-voz alta e falante, o comandante.

Depois de alguns segundos de sons e vozes abafadas dentro da loja, o ladrão respondeu:

– Gilmar Ribeiro dos Santos!

A notícia se alastrou e, em intervalo curto de tempo, a avenida foi tomada por repórteres e câmeras de TV, que tentavam, com exclusividade, conseguir alguma imagem do criminoso e do refém.

– Dê uma prova de que o refém está bem! – ordenou o chefe da operação, preocupado com todas as aparências e com a segurança da vítima.

Num jogo rápido do teatro das sombras, viu-se um vulto de boné e, em seguida, uma cabeça despenteada e aflita: era o Gilmar.

Logo, familiares de Gilmar correram até o local.

A negociação parecia difícil até que um morador do bairro trouxe luz nova ao caso:

– É o Gil Lelé e eu vi quando, sozinho, de madrugada, ele pulou o muro do mercado.

Incrédulo, o comandante retomou o diálogo:

– Seu Gilmar, confesse: foi o senhor que invadiu o supermercado?

E a voz, lá de dentro, respondeu:

– Como foi que o senhor descobriu?

– Não interessa! O que importa é que o senhor alega ter um refém que tem a mesma identidade que o senhor aí dentro.

– E o que tem isso?

– O senhor não pode ser seu próprio refém.

– Posso, sim. E eu só liberto o refém se vocês cumprirem minhas exigências.

– Gilmar, isso contraria qualquer lei da lógica...

– Mas se eu já sou um fora da lei, que importância isso pode ter p'ra mim? Estou com a arma apontada para a cabeça dele!

– Você vai cometer suicídio, Gilmar? Não faça isso!

– Não, eu vou matar o refém e isso é coisa muito diferente.

O comandante entendeu a delicadeza da situação e resolveu fazer um acordo com o ladrão-refém:

– O único carro blindado que eu tenho é uma viatura da polícia. O senhor aceita?

– Aceito!

– E tão logo o senhor entrar no carro, pela porta de trás, o senhor terá de jogar sua arma p'ra fora, tudo bem?

– Tudo bem!

E assim foi feito: a polícia pediu para que todos abrissem caminho enquanto o Gil Lelé, com passos tensos, passava abraçado a si mesmo, com uma arma apontada para a cabeça. Em gesto ágil, ele entrou sozinho pela porta dos fundos da viatura e jogou sua arma no chão: um revólver "agente secreto", na cor azul, carregado com um dardo de ponta de borracha.

Terminada a confusão, conversa e riso correndo o bairro, com bom humor, vários clientes "emprestaram dinheiro a si mesmos" e foram fazer suas compras.

Em tempo: nos bolsos de Gilmar, a polícia encontrou diversas moedas de chocolate.

em Domicílio

A mãe volta p'ra casa. Logo em seguida, chegam as crianças da escola. Um pouco mais tarde, do trabalho, vem o pai.

Alguém toca a campainha:

– Supermercado!

Era Donato, o entregador.

Ainda no supermercado, foi Donato quem guardou os produtos nas caixas:

Cuidado para não amassar os enlatados. Produtos de limpeza em uma caixa. Alimentos, em outra. Laticínios, carnes, frios em uma caixa protegida por um plástico. A dúzia de ovos, Donato traz, à parte, em um saco de papel kraft, misturados a um pouco de serragem para evitar o atrito e a quebra dos ovos. Era assim que se fazia nesses tempos...

As crianças pulam de alegria, olham dentro das caixas e, nelas, procuram balas, doces, iogurtes, brindes em forma de brinquedo que alguns fabricantes ofertavam...

– Mãe, a gente pode abrir a caixa de chocolate?

– Só depois da janta e se os dois raparem o prato!

– Oba!!

Donato segue com a entrega ligeira e zelosa:

– Veja se está tudo em ordem, Dona Carmem.

– Tudo em ordem, sim, Donato. Obrigada!

O pai tira uma nota da carteira e a oferece a Donato:

– Um cafezinho p'ra você, Donato!

– Vê lá, não precisa, não, Doutor Flávio.

Insistente e afável, o pai enrola a nota e a enfia no bolso da camisa do uniforme de Donato:

– Precisa, sim, rapaz. Você merece...

– Sendo assim, doutor, eu agradeço. Um bom descanso p'ra vocês.

✳ ✳ ✳

De volta à Kombi, Donato segue para fazer mais entregas. Com a gorjeta no bolso, é a lembrança da alegria das crianças que o deixa com um sorriso no rosto.

Pesos e medidas

Ruy era um homem de meia-idade. Simples e esperto, sabia ver as virtudes e dos defeitos dos outros.

Era de seu costume, logo após o trabalho, passar por um hipermercado ali perto e levar alguma coisinha que estivesse faltando em casa.

Gostava de frios e frios era melhor que "fossem frescos", assim avaliava.

O rapaz que o atendia parecia ser muito jovem e culto; provavelmente, fazia faculdade.

Ruy pedia:

– Duzentas gramas de presunto, por favor.

– Duzentos, senhor. O correto é dizer duzentos.

– Certo, rapaz, obrigado.

O agradecimento era sincero, mas também envergonhado. "A cultura, às vezes, afasta as pessoas". Avaliava e seguia. Passava pelo caixa.

✳ ✳ ✳

Poucos dias depois, lá estava Ruy:

– Hoje vou querer trezentas gramas de muçarela.

– Trezentos, senhor. O correto é trezentos. Aqui está o seu pedido. Algo mais?

– Não, não. É só isso. Obrigado.

* * *

Passou alguns dias sem ir à seção dos frios. Foi, porém, à farmácia que ficava dentro do hipermercado, perto dos caixas, já à saída da loja, e pediu:

– Moça, por favor, eu preciso de Vitamina C de uma grama. Tem aqui?

– Ah, sim. Aqui está: Vitamina C de um grama. O correto é um grama, senhor.

– Ah, sim. Obrigado. Quanto devo?

– É só passar pelo caixa, senhor.

– 'Tá bem! Obrigado e boa noite!

– Boa noite.

"Essa aí deve estudar com o outro lá. Eita gente...". Em pensamento, avaliou e fez seu caminho de volta p'ra casa.

* * *

Na sexta-feira, voltou ao hipermercado: seção de frios. O rapaz, prontamente, dirigiu-se a ele:

– Pois não...

– 'Tô com gente lá em casa. Vou precisar de meio quilo de mortadela.

– Ah, meio quilo – repetiu, ironicamente, o rapaz.

Pegou uma boa peça, fatiou-a com cuidado, levou as fatias, higienicamente, até a balança e perguntou:

– Pode passar um pouco, senhor?

– Não, não. Eu quero meio quilo! – e, com ar maroto, emendou – Nem um grama a mais!

Você é o que come

– Você já reparou que, pelos produtos que uma pessoa consome, você pode saber um pouco como ela é?

– Não, nunca tinha pensado nisso...

– Veja ali Seu Ademar, por exemplo. Hoje é dia que ele e a esposa fazem as compras do mês... Comece a observar o que eles põem nos carrinhos.

– Hmmm... Arroz integral...

– E o que isso mostra?

– Não sei... Talvez preocupação com uma vida mais saudável... consumo de mais fibras...

– Isso mesmo! Agora eles estão na seção de carnes e o que pegam?

– Muito peixe, frango e pouca carne vermelha.

– 'Tá vendo, é o que lhe digo: proteínas saudáveis, baixo nível de mau colesterol...

– Será que ele está doente?

– Não, claro que não! Pelo contrário, ele está bem e quer continuar assim...

– Olha lá! Eles estão pegando papel higiênico...

– Macio, fino, dos mais caros, mas não é perfumado.

– É, ele pode ser alérgico...

– Ou não gostar do cheiro...

– É...

– É...

– O homem toma vinho...

– Tinto seco, varietal.

– Tem bom gosto...

– Ô, se tem!

– Grecin 2000?! Ah, sabia que ele pintava o cabelo!

– Só pode! Ele jogava bola com meu tio e o meu tio já 'tá careca...

– Preservativos...

– 'Tá na ativa o Ademar...

– É, 'tá bem, 'tá bem!

– Frutas...

– Açúcar demerara...

– Verduras orgânicas...

– É, o cara sabe se cuidar!

– Sabe, sim.

– Chocolate amargo... Dizem que faz bem p'ro coração.

– É verdade...

– Óleo de canola... É bom?

– Falavam bem... Agora falam mal... Sei lá!

– Azeite... Muito azeite...

– Dieta de primeira a do Ademar...

– Iogurtes, refrigerantes...

– Deve ser para os filhos.

– É, deve ser...

Quando Ademar e esposa entram na fila do caixa, os dois funcionários se aproximam. Um deles se arrisca:

– Boa tarde, Seu Ademar. Boa tarde, Dona Valéria. Tudo bem com vocês?

– Tudo...

– Eu 'tava aqui conversando com meu amigo e peço que vocês me perdoem o atrevimento, mas, olhando assim para o carrinho de compras de vocês, vendo do que vocês gostam, dá, mais ou menos, para saber como vocês são, quais são os hábitos da casa e coisa e tal...

– É mesmo. Você tem razão. Porém, aqui, você só vê uma parte: o que o corpo consome. Mas eu também sou os livros que leio, sou a música que escuto, sou os filmes a que assisto... Enfim, meu amigo, "você é o que você come".

Terminado o diálogo, depois que o casal se afastou, um dos amigos parecia intrigado:

– Então, quer dizer que, hoje, eu sou um copo de leite, um pão com manteiga, sou um tanto arroz, um tanto feijão, sou alface, sou tomate, sou uma coxa de galinha... Ih, então eu sou a Silvinha?!

– Tst, tst, tst... Acho que você não entendeu...

Bandeira 1

Sim, senhor! Fazia mais de vinte anos que ele trabalhava naquele mesmo ponto de táxi; ali, atendendo aos fregueses que faziam suas compras naquele supermercado.

Vez ou outra, aparecia um transeunte pedindo para ser levado a um ou outro local. Na maior parte das vezes, porém, ele levava as gentes e suas compras do dia, da semana ou do mês até a porta de suas casas.

As corridas eram, muitas das vezes, pequenas, "pescocinhos", como costumam ser chamadas na praça. Ele, contudo, não se importava em fazer essas corridas. Pelo contrário, já estava acostumado e, para dizer a verdade, sentia-se confortado em ver rostos conhecidos, saber os nomes das pessoas, seus destinos...

Em alguns casos, o taxímetro era até dispensado, tamanha era a familiaridade entre motorista, passageiro, trecho percorrido e preço. Por trás desse gesto, um afago na alma: a confiança mútua, um traço de amizade.

– Veio sozinho hoje, Seu Valter?

– É, a patroa 'tá com gripe.

As famílias não passavam despercebidas:

– E o seu menino mais velho, Dona Lourdes?

– Entrou na faculdade, Seu Roberto!

– Que maravilha! Parabéns!

Os hábitos, as feições, tudo era observado:

– 'Tá cansada, Dona Tina?

Dona, nesse caso, era questão de respeito, posto que Tina ainda era moça.

– 'Tô com muito trabalho na empresa, Seu Roberto.

– Comprou pouca coisa hoje...

– É, só a ração p'ros cachorros...

A vida e a história que o cotidiano constrói pareciam passar por dentro de seu carro: o preço das mercadorias, as entressafras, a inflação, a violência, os índices de aprovação do governo, quem ganharia as próximas eleições, que técnico de futebol balançava em seu cargo... ele conseguia perceber os rumos só de conversar com as pessoas.

Gostava de manter o carro sempre limpo, arrumado, bem equipado. Era seu jeito de ser cortês, hospitaleiro...

Recentemente, comprou um GPS e a pequena tela pode ser usada, também, como TV digital.

Parado no ponto, ele assiste a um documentário sobre o telescópio Hubble: o universo ainda se expande, tudo se move... Todavia, ele gostaria que algumas coisas permanecessem...

– O senhor 'tá livre?

– Sim. 'Tá indo p'ra onde?

Gente antiga

A loja era grande. Havia crescido no próprio bairro, com gente do bairro trabalhando por lá. O minimercado virou mercado, supermercado, até que passou a ser híper e, depois, mega: a parte dos fundos da loja oferecia os produtos comuns a todo supermercado e a parte da frente dispunha de eletroeletrônicos, roupas, calçados, brinquedos, filmes, discos e, até mesmo, alguns títulos de livros.

Dona Rosa, moradora do bairro há décadas e, como ela mesma se dizia, "freguesa de longa data da casa", escolhia a dedo o que levar.

Certo dia, ao ver um único exemplar de um disco de Roberto Carlos – *O Inimitável* – com todas as lembranças dos tempos de moça gravadas em fotos e faixas – resolveu escondê-lo atrás de uma fileira de discos de Ray Conniff – "aqui ninguém vai mexer" – e a si mesma fez a promessa solene: "depois eu volto p'ra pegar".

Dona Rosa aceitava bem as imperfeições humanas. As industriais, no entanto, ela reprovava de pronto. Uma leve amassadura em uma lata, um rótulo com uma das pontas começando a se soltar, "de jeito nenhum", ficavam onde estavam. Se estivesse sem o dinheiro na hora, separava a embalagem intacta, que ia parar atrás das outras: "depois eu volto p'ra pegar".

As últimas unidades de algum item passavam, temporariamente, a ocupar espaço, sempre atrás, em outra seção de produtos: "depois eu volto p'ra pegar".

O pacote do biscoito predileto, se não houvesse dinheiro suficiente na bolsa, encontrava, logo, uma prateleira-esconderijo, atrás de fósforos, velas – a mesma promessa – "depois eu volto p'ra pegar".

Dona Rosa aplicava, assim, o que ela entendia ser "reserva de mercado".

O repositor da loja – ora homem feito –, que trabalhava naquele lugar desde menino, virava-mexia, encontrava "os guardados" de Dona Rosa, mas os deixava ali mesmo: "depois ela volta p'ra pegar".

Dona Rosa tinha o espírito da primavera: sempre voltava.

Copyright © 2019 César Magalhães Borges
Vida a granel: histórias de supermercado © Editora Reformatório

Editores
Marcelo Nocelli
Rennan Martens

Revisão
Marcelo Nocelli
César Magalhães Borges

Arte de capa
Laís Lacerda

Design e editoração eletrônica
Negrito Produção Editorial

Dados Internacionais de Catalogação na Publicação (CIP)
Bibliotecária Juliana Farias Motta (CRB 7-5880)

Borges,César Magalhães,1964-
    Vida a Granel: histórias de supermercado / César Magalhães
Borges. – São Paulo: Reformatório, 2019.
    96 p.: il.; 14 x 21 cm.

    ISBN 978-85-66887-65-5

    1. Crônicas brasileiras. I. Título.
B732v   CDD B869.8

Índice para catálogo sistemático:
1. Crônicas brasileiras

Todos os direitos desta edição reservados à:

EDITORA REFORMATÓRIO
www.reformatorio.com.br

Esta obra foi composta em Fedra Sans e impressa em papel pólen
bold 90 g/m² para a Editora Reformatório em outubro de 2019.